첫 치마

김소월

한국 대표시 다시 찾기 101

첫 치마

김소월

사과꽃

Edvard Munc
Kiss IV

차례

1 진달래꽃

2 초혼

3 산유화

4 꿈 길

1

진달래꽃

진달래꽃

나 보기가 역겨워
가실 때에는
말없이 고이 보내드리우리다

영변寧邊에 약산藥山
진달래꽃
아름 따다 가실 길에 뿌리우리다

가시는 걸음걸음
놓인 그 꽃을
사뿐히 즈려밟고 가시옵소서

나 보기가 역겨워
가실 때에는
죽어도 아니 눈물 흘리우리다

잊었던 맘

집을 떠나 먼 저곳에
외로이도 다니던 내 심사를!
바람 불어 봄꽃이 필 때에는
어찌타 그대는 또 왔는가.
저도 잊고 나니 저 모르던 그대
어찌하여 옛날의 꿈조차 함께 오는가.
쓸데도 없이 서럽게만 오고가는 맘.

설움의 덩이

꿇어앉아 올리는 향로의 향불.
내 가슴에 조그만 설움의 덩이.
초닷새 달 그늘에 빗물이 운다.
내 가슴에 조그만 설움의 덩이.

임의 노래

그리운 우리 임의 맑은 노래는
언제나 제 가슴에 젖어 있어요

긴 날을 문밖에서 서서 들어도
그리운 우리 임의 고운 노래는
해지고 저무도록 귀에 들려요
밤들고 잠들도록 귀에 들려요

고이도 흔들리는 노랫가락에
내 잠은 그만이나 깊이 들어요
고적한 잠자리에 홀로 누워도
내 잠은 포스근히 깊이 들어요

그러나 자다 깨면 임의 노래는
하나도 남김없이 잃어버려요
들으면 듣는 대로 임의 노래는
하나도 남김 없이 잊고 말아요

만나려는 심사

저녁 해는 지고서 어스름의 길,
저 먼 산엔 어두워 잃어진 구름,
만나려는 심사는 웬 셈일까요,
그 사람이야 올 길 바이 없는데,
발길은 뉘 마중을 가잔 말이냐,
하늘엔 달 오르며 우는 기러기.

임 생각

1
맑은 하늘 떠도는 하얀 구름은
물에 어려 고요히 흘러내리고
바람비도 지나간 나의 마음엔
님의 얼굴 뚜렷이 다시금 뵈고.

2
외론 맘 둘 곳 없어 산에 오르니
파랗게 풀 자랐네, 옛날 동산에.
우리 임 어디 간고, 임을 부르니
메아리뿐 심회는 채울 길 없네.

3
거친 들 맑은 물에 어려도는 임
기쁜 맘 못내 금해 가까이 가니
어두운 내 그림자 어린 탓일까
임의 길은 또다시 흐리고 마네.

4

들고 나는 세월의 덧없는 길에
꽃은 졌다 또다시 새 움 돋아도
떠나신 임의 수렌 왜 안 돌아오노.
모래밭에 자욱은 어지러워도.

그 사람에게

1

한때는 많은 날을 당신 생각에
밤까지 새운 일도 없지 않지만
지금도 때마다는 당신 생각에
축업는 베갯가의 꿈은 있지만

낯모를 딴 세상의 네길거리에
애달피 날 저무는 갓스물이요
캄캄한 어두운 밤 들에 헤매도
당신은 잊어버린 설움이외다.

당신을 생각하면 지금이라도
비오는 모래밭에 오는 눈물의
축업는 배갯가의 꿈은 있지만
당신은 잊어버린 설움이외다.

2

세월이 물과같이 흐른 삼 년은
길어 둔 독엣 물도 찌었지마는
가면서 함께 가자 하던 말씀은

살아서 살을 맞는 표적이외다.

봄풀은 봄이 되면 돋아나지만
나무는 밑그루를 꺾은 셈이요
새라면 두 죽지가 상한 셈이라
내 몸에 꽃필 날은 다시 없구나.

밤마다 닭소리라 날이 첫시時면
당신의 넋 맞으러 나가 볼 때요
그믐에 지는 달이 산에 걸리면
당신의 길신가리 차릴 때외다.

세월은 물과같이 흘러 가지만
가면서 함께 가자 하던 말쓰믄
당신을 아주 잊던 말씀이지만
죽기 전 또 못 잊을 말씀이외다.

그를 꿈꾼 밤

야밤중 불빛이 발갛게
어렴풋이 보여라

들리는 듯, 마는 듯,
발자국 소리.
스러져 가는 발자국 소리.

아무리 혼자 누워 몸을 뒤쳐도
잃어버린 잠은 다시 안 와라.

야밤중, 불빛이 발갛게
어렴풋이 보여라.

맘속의 사람

잊힐 듯이 볼 듯이 늘 보던 듯이
그립기도 그리운, 참말 그리운
이 나의 맘 속에 속 모를 곳에
늘 있는 그 사람을 내가 압니다.

언제도 언제라도 보기만 해도
다시없이 살뜰할 그 내 사람은
한두 번만 아니게 본 듯하여서
나자부터 그리운 그 사람이오.

남은 다 어림없다 이를지라도
속에 깊이 있는 것, 어찌하는 가.
하나 진작 낯모를 그 내 사람은
다시없이 알뜰한 그 내 사람은……

나를 못 잊어하여 못 잊어하여
애타는 그 사랑이 눈물이 되어,
한끝 만나리 하는 내 몸을 가져
몹쓸음을 둔 사람, 그 나의 사람?

못 잊어

못 잊어 생각이 나겠지요
그런대로 한 세상 지내시구려
사노라면 잊힐 날 있으리다.

못 잊어 생각이 나겠지요
그런 대로 세월만 가라시구려
못 잊어도 더러는 잊히우리다.

그러나 또 한편 이렇지요
'그리워 살뜰히 못 잊는데
어쩌면 생각이 떠지나요?'

두 사람

흰 눈은 한 잎
또 한 잎
영嶺 기슭을 덮을 때
짚신에 감발하고 길짐 메고
우뚝 일어나면서 돌아서도……
다시금 또 보이는,
다시금 또 보이는.

풀따기

우리 집 뒷산에는 풀이 푸르고
숲 사이의 시냇물, 모래바닥은
파아란 풀 그림자, 떠서 흘러요.

그리운 우리 임은 어디 계신고.
날마다 피어 나는 우리 임 생각.
날마다 뒷산에 홀로 앉아서
날마다 풀을 따서 물에 던져요.

흘러가는 시내의 물에 흘러서
내어 던진 풀잎은 옅게 떠갈 제
물살이 해적해적 품을 헤쳐요.

그리운 우리 임은 어디 계신고.
가엾은 이내 속을 둘 곳 없어서
날마다 풀을 따서 물에 던지고
흘러가는 잎이나 맘해 보아요.

동경하는 애인

너의 붉고 부드러운
그 입술에보다
너의 아름답고 깨끗한
그 혼에다
나는 뜨거운 키스를……
내 생명의 굳센 운율은
나의 조그마한 마음 속에서
끊임없이 움직인다.

개여울의 노래

그대가 바람으로 생겨났으면!
달 돋는 개울의 빈 들 속에서
내 옷의 앞자락을 불기나 하지.

우리가 굼벵이로 생겨났으면!
비 오는 저녁 캄캄한 영 기슭의
미욱한 꿈이나 꾸어를 보지.

만일에 그대가 바다난 끝의
벼랑에 돌로나 생겨났더면,
둘이 안고 굴며 떨어나지지.

만일에 나의 몸이 불귀신이면
그대의 가슴속을 밤도와 태워
둘이 함께 재 되어 스러지지.

개여울

당신은 무슨 일로
그리합니까?
홀로이 개여울에 주저앉아서

파릇한 풀 포기가
돋아 나오고
잔물은 봄바람에 해적일 때에

가도 아주 가지는
안노라시던
그러한 약속이 있었겠지요

날마다 개여울에
나와 앉아서
하염없이 무엇을 생각합니다

가도 아주 가지는
안노라심은
굳이 잊지 말라는 부탁인지요

흘러 가는 물이라 맘이 물이면

옛날에 곱던 그대 나를 향하여
귀여운 그 잘못을 이르렀느냐.
모두 다 지어 돋은 나의 지금은
그대를 불신 만전 다 잊었노라
흘러 가는 물이라 맘이 물이면
당연히 임을 잊고 버렸을러라.
그러나 그 당시에 나는 얼마나
앉았다 일어섰다 서러워 울었노,
그 연갑年甲의 젊은이 길에 어여도
뜬눈으로 새벽을 잠에 달려도,
남들이 좋은 운수 가끔 볼 때도,
얼없이 오다가다 멈칫 섰어도,
자네의 치부 없는 복도 빌며
덧없는 삶이라 쓴 세상이라
슬퍼도 하였지만 맘이 물이라
저절로 차츰 잊고 말았었노라.

고적한 날

당신님의 편지를
받은 그날로
서러운 풍설이 돌았읍니다.

물에 던져 달라 하신 그 뜻은
언제나 꿈꾸며 생각하라는
그 말씀인 줄 압니다.

흘려 쓰신 글씨나마
언문 글자로
눈물이라 적어 보내셨지요.

물어 던져 달라하신 그 뜻은
뜨거운 눈물 방울방울 흘리며
맘 곱게 읽어 달라는 말씀이지요.

고독

설움의 바닷가의
모래밭이라
침묵의 하루해만 또 저물었네

탄식의 바닷가의
모래밭이니
꼭 같은 열 두 시만 늘 저무누나

바잽의 모래밭에
돋는 봄풀은
매일 붙는 벌 불에 타도 나타나

설움의 바닷가의
모래밭은요
봄 와도 봄 온 줄을 모른다더라

잊음의 바닷가의 모래밭이면
오늘도 지는 해니 어서 저 다오
아쉬움의 바닷가 모래밭이니
뚝 씻는 물소리나 들려나 다오

만리성

밤마다 밤마다
온 하룻밤
쌓았다 헐었다
긴 만리성!

세월은 지나가고

지난해 첫새벽에 뵈던 그림자
이해에도 외론 맘 또 비춰준다
저 산너머 오십 리 길 좋다 해도
난 모릅네 오던 길 어이 바꾸노.

무엇에다 비길꼬 나의 그 임을
새카말새 밤하늘 소낙비 쏼쏼
진흙물에 도는 맘 방향 모를 제
비 개니 맑은 달 반가운 것을.

시름 많은 이 세상 어이 보낼꼬
쓸쓸할시 빈 들엔 꽃조차 없고
가는 세월 덧없다 탄식을 말게
갈수록 임의 말은 속에 스미네.

예전엔 미처 몰랐어요

봄 가을 없이 밤마다 돋는 달도
'예전엔 미처 몰랐어요'

이렇게 사무치게 그리울 줄도
'예전엔 미처 몰랐어요'

달이 암만 밝아도 쳐다볼 줄을
'예전엔 미처 몰랐어요'

이제금 저 달이 설움인 줄은
'예전엔 미처 몰랐어요'

꿈

꿈? 영靈의 해적임. 설움의 고향.
울자, 내 사랑, 꽃 지고 저무는 봄.

맘 켕기는 날

오실 날
아니 오시는 사람!
오시는 것 같게도
맘 켕기는 날!
어느덧 해도 지고 날이 저무네!

가는 길

그립다
말을 할까
하니 그리워.

그냥 갈까
그래도
다시 더 한 번……

저 산에도 까마귀, 들에 까마귀,
서산에는 해진다고
지저귑니다.

앞 강물, 뒷 강물,
흐르는 물은
어서 따라오라고 따라가자고
흘러도 연달아 흐릅디다려.

팔베게 노래

첫날에 길동무
만나기 쉬운가
가다가 만나서
길동무 되지요.

날 긇다 말아라
가장家長 임만 임이랴
오다가다 만나도
정붙이면 임이지.

화문석 돗자리
놋촛대 그늘엔
칠십 년 고락을
다짐 둔 팔베개.

드나는 곁방의
미닫이 소리라
우리는 하룻밤
빌어 얻은 팔베개.

조선의 강산아
네가 그리 좁더냐
삼천리 서도西道를
끝까지 왔노라.

삼천리 서도를
내가 여기 왜 왔나
남포南浦의 사공님
날 실어다 주었소.

집 뒷산 솔밭에
버섯 따던 동무야
어느 뉘 집 가문에
시집가서 사느냐.

영남의 진주는
자라난 내 고향
부모 없는
고향이라우.

오늘은 하룻밤
단잠의 팔베개
내일은 상사相思의
거문고 베개라.

첫닭아 꼬꾸요
목놓지 말아라
품속에 있던 임
길차비 차릴라.

두루두루 살펴도
금강 단발령
고갯길도 없는 몸
나는 어찌하라우.

영남 진주는
자라난 내 고향
돌아갈 고향은
우리 임의 팔베개.

가을 저녁에

물은 희고 길고나, 하늘보다도.
구름은 붉고나, 해보다도.
서럽다, 높아 가는 긴 들 끝에
나는 떠돌며 울며 생각한다, 그대를.

그늘 깊어 오르는 발 앞으로
끝없이 나아가는 길은 앞으로.
키 높은 나무 아래로, 물마을은
성깃한 가지가지 새로 떠오른다.

그 누가 온다고 한 언약도 없건마는!
기다려 볼 사람도 없건마는!
나는 오히려 못물가를 싸고 떠돈다.
그 못물로는 놀이 잦을 때.

구름

저기 저 구름을 잡아 타면
붉게도 피로 물든 저 구름을,
밤이면 새카만 저 구름을.
잡아 타고 내 몸은 저 멀리로
구만 리 긴 하늘을 날아 건너
그대 잠든 품속에 안기렸더니,
애스러라, 그리는 못한대서,
그대여, 들으라 비가 되어
저 구름이 그대한테로 내리거든,
생각하라, 밤 저녁, 내 눈물을.

깊고 깊은 언약

몹쓸 꿈을 깨어 돌아누울 때,
봄이 와서 멧나물 돋아 나올 때,
아름다운 젊은이 앞을 지날 때,
잊어버렸던 듯이 저도 모르게,
얼결에 생각나는 '깊고 깊은 언약'

눈 오는 저녁

바람 자는 이 저녁
흰 눈은 퍼붓는데
무엇하고 계시노
같은 저녁 금년은……

꿈이라도 꾸며는!
잠들면 만나련가.
잊었던 그 사람은
흰 눈 타고 오시네.
저녁때. 흰 눈은 퍼부어라.

꿈꾼 그 옛날

밖에는 눈, 눈이 와라,
고요히 창 아래로는 달빛이 들어라.
어스름 타고서 오신 그 여자는
내 꿈의 품속으로 들어와 안겨라.

나의 베개는 눈물로 함빡히 젖었어,
그만 그 여자는 가고 말았느냐.
다만 고요한 새벽, 별 그림자 하나가
창 틈을 엿보아라.

사랑의 선물

임 그리고 방울방울 흘린 눈물
진주 같은 그 눈물을
썩지 않는 붉은 실에
꿰고 또 꿰어
사랑의 선물로서
임의 목에 걸러 줄라.

자나 깨나 앉으나 서나

자나 깨나 앉으나 서나
그림자 같은 벗 하나이 내게 있었습니다.

그러나 우리는 얼마나 많은 세월을
쓸데없는 괴로움으로만 보내었겠읍니까!

오늘은 또다시 당신의 가슴 속 모를 곳을
울면서 나는 휘저어 버리고 떠답니다그려.

허수한 맘 둘 곳 없는 심사에 쓰라린 가슴은
그것이 사랑, 사랑이던 줄이 아니도 잊힙니다.

장별리

연분홍 저고리 빨갛게 불붙는
평양에도 이름 높은 장별리將別里,
금실 은실의 가는 실비는
비스듬히 내리네, 뿌리네.

털털한 배암 무늬 양산에
내리는 가는 실비는
위에랴 아래랴 내리네, 뿌리네.

흐르는 대동강 한복판에
울며 돌던 벌새의 떼무리.
당신과 이별하던 한복판에
비는 쉴 틈 없이 내리네, 뿌리네.

꿈으로 오는 한 사람

나이 차지면서 가지게 되었노라
숨어 있던 한 사람이, 언제나 나의,
다시 깊은 잠 속의 꿈으로 와라.
불그레한 얼굴에 가느다란 손가락의,
모르는 듯한 거동도 전날의 모양대로
그는 야젓이 나의 팔 위에 누워라.
그러나, 그래도 그러나!
말할 아무것이 다시 없는가!
그냥 먹먹할 뿐, 그대로
그는 일어라. 닭의 홰치는 소리.
깨어서도 늘, 길거리의 사람을
밝은 대낮에 빗보고는 하노라.

먼 후일

먼 훗날 당신이 찾으시면
그때에 내 말이 '잊었노라'

당신이 속으로 나무라면
'무척 그리다가 잊었노라'

그래도 당신이 나무라면
'믿기지 않아서 잊었노라'

오늘도 어제도 아니 잊고
먼 훗날 그때에 '잊었노라'

옛이야기

고요하고 어두운 밤이 오며는
어스레한 등불에 밤이 오며는
외로움에 아픔에 다만 혼자서
하염없는 눈물에 저는 웁니다

제 한 몸도 예전엔 눈물 모르고
조그마한 세상을 보냈습니다
그때는 지난날의 옛이야기보다
아무 설움 모르고 외었습니다

그런데 우리 임이 가신 뒤에는
아주 저를 버리고 가신 뒤에는
전날에 제게 있던 모든 것들이
가지가지 없어지고 말았습니다

그러나 그 한 때에 외어 두었던
옛이야기뿐만은 남았습니다
나날이 짙어 가는 옛이야기는
부질없이 제 몸을 울려 줍니다

해가 산마루에 저물어도

해가 산마루에 저물어도
내게 두고는 당신 때문에 저뭅니다.

해가 산마루에 올라와도
내게 두고는 당신 때문에 밝은 아침이라고 할
것입니다.

땅이 꺼져도 하늘이 무너져도
내게 두고는 끝까지 모두 다 당신 때문에 있읍니다.

다시는 나의 이러한 맘뿐은, 때가 되면,
그림자같이 당신한테로 가오리다.

오오, 나의 애인이었던 당신이여.

2

초혼

초혼

산산이 부서진 이름이여!
허공중에 헤어진 이름이여!
불러도 주인 없는 이름이여!
부르다가 내가 죽을 이름이여!

심중에 남아 있는 말 한 마디는
끝끝내 마저하지 못하였구나.
사랑하던 그 사람이여!
사랑하던 그 사람이여!

붉은 해는 서산 마루에 걸리었다.
사슴의 무리도 슬피 운다.
떨어져 나가 앉은 산 위에서
나는 그대의 이름을 부르노라.

설움에 겹도록 부르노라.
설움에 겹도록 부르노라.
부르는 소리는 비껴 가지만
하늘과 땅 사이가 너무 넓구나.

선 채로 이 자리에 돌이 되어도

부르다가 내가 죽을 이름이여!
사랑하던 그 사람이여!
사랑하던 그 사람이여!

꽃촛불 켜는 밤

꽃촛불 켜는 밤, 깊은 골방에 만나라.
아직 젊어 모를 몸, 그대로 그들은
'해 달같이 밝은 맘, 저저마다 있노라.'
그러나 사랑은, 한두 번만 아니라, 그들은 모르고.

꽃촛불 켜는 밤, 어스레한 창 아래 만나라.
아직 앞길 모를 몸, 그래도 그들은
'솔대같이 굳은 맘, 저저마다 있노라.'
그러나 세상은, 눈물날 일 많아라, 그들은 모르고.

등불과 마주 앉았으려면

적적히
다만 밝은 등불과 마주 앉았으려면
아무 생각도 없이 그저 울고만 싶습니다.
왜 그런지야 알 사람이 없겠읍니다마는.

어두운 밤에 홀로이 누웠으려면
아무 생각도 없이 그저 울고만 싶습니다.
왜 그런지야 알 사람도 없겠읍니다마는,
탓을 하자면 무엇이라 말할 수는 있겠읍니다마는.

황촉불

황촉불, 그저도 까맣게
스러져 가는 푸른 창을 기대고
소리조차 없는 흰 밤에,
나는 혼자 거울에 얼굴을 묻고
뜻없이 생각없이 들여다보노라.
나는 이르노니, '우리 사람들
첫날밤은 꿈속으로 보내고
죽음은 조는 동안에 와서,
별 좋은 일도 없이 스러지고 말아라.'

천리만리

말리지 못할 만치 몸부림하며
마치 천리만리나 가고도 싶은
맘이라고나 하여 볼까.
한줄기 쏜살같이 벋은 이 길로
줄곧 치달아 올라가면
불붙는 산의, 불붙는 산의
연기는 한두 줄기 피어 올라라.

제이 엠 에스 J. M. S*

평양서 나신 인격의 그 당신님, 제이 엠 에스
덕 없는 나를 미워하시고
재주 있던 나를 사랑하셨다
오산伍山 계시던 제이 엠 에스
십년 봄 만에 오늘 아침 생각난다
근년 처음 꿈 없이 자고 일어나며,

얽은 얼굴에 자그만 키와 여윈 몸매는
단 쇠끝 같은 지조가 튀어날 듯
타듯 하는 눈동자만이 유난히 빛나셨다.
민족을 위하여는 더도 모르시는 열정의 그 임.

소박한 풍채, 인자하신 옛날의 그 모양대로,
그러나, 아아 술과 계집과 이욕에 헝클어져
십 오 년에 허주한 나를
웬일로 그 당신님
맘 속으로 찾으시오? 오늘 아침,
아름답다 큰 사랑은 죽는 법 없어,
기억되어 항상 내 가슴 속에 숨어 있어,

---

* J.M.S. : 당시의 민족 운동가요 정치가였고 조만식曺晩植 선생을 이른다. 1919년, 소월이 다녔던 오산학교의 교장이였다.

미쳐 거치른 내 양심을 잠재우리,
내가 괴로운 이 세상 떠날 때까지.

신앙

눈을 감고 잠잠히 생각하라.
무거운 짐에 우는 목숨에는
받아가질 안식을 더하려고
반드시 힘 있는 도움의 손이
그대들을 위하여 내밀어지리니.

그러나 길은 다하고 날이 저무는가,
애처로운 인생이여,
종소리는 배 바삐 흔들리고
애꿎은 조가는 비껴 울 때
머리 수그리며 그대 탄식하리.

그러나 꿇어앉아 고요히
빌라, 힘 있게, 경건하게
그대의 맘 가운데

그대를 지키고 있는 아름다운 선을
높이 우러러 경배하라.

멍에는 괴롭고 짐은 무거워도
두드리던 문은 멀지 않아 열릴지니,

가슴에 품고 있는 명멸의 그 등잔을
부드러운 예지의 기름으로
채우고 또 채우라.

그러하면 목숨의 봄두덩의
삶을 감사하는 높은 가지,
잊었던 진리의 몽우리에 잎은 피며,
신앙의 불붙는 고운 잔디
그대의 헐벗은 영靈을 싸덮으리.

맘에 있는 말이라고 다 할까 보냐

하소연하며 한숨을 지며
세상을 괴로워하는 사람들이여!
말을 나쁘지 않도록 좋이 꾸밈은
닳아진 이 세상에 버릇이라고, 오오 그대들!
맘에 있는 말이라고 다 할까 보냐.
두세 번 생각하라, 우선 그것이
저부터 밑지고 들어가는 장사일진댄.
사는 법이 근심은 못 가른다고,
남의 설움은 남은 몰라라.
말 마라, 세상, 세상 사람은
세상에 좋은 이름 좋은 말로써
한 사람을 속옷마저 벗긴 뒤에는
그를 네 길거리에 세워 놓아라, 장승도 마치 한가지.
이 무슨 일이냐, 그날로부터,
세상 사람들은 제각기 제 비위의 헐한 값으로
그의 몸값을 매기자고 덤벼들어라.
오오 그러면, 그대들은 이 후에라도
하늘을 우러르라, 그저 혼자, 섧거나 괴롭거나.

가련한 인생

가련한, 가련한, 가련한 인생에
첫째는 삶이라, 삶은 곧 살림이다.
살림은 곧 사랑이라, 그러면
사랑은 무엔고? 사랑은 곧
제가 저를 희생함이라,
그러면 희생은 무엇? 희생은,
남의 몸을 내 몸과같이 생각함이다.

가련한, 가련한, 가련한 인생,
그래도 우선은 살아야 되고
살자 하면 사랑하여야 되겠는데
그러면 사랑은 무엇인고?
사랑이 마음인가,
남을 나보다 여겨야 하고,
쓴 것도 달게 받아야 한다.
삶이 세월인가?
삶의 끝은 죽음, 세월이 빠르잖고.

사랑을 함은 죽음, 제 마음을 못 죽이네.
삶이 어렵도다. 사랑하기 힘들도다.
누구는 나서 세상에 행복이 있다고 하노.

첫 치마

봄은 가나니 저문 날에,
꽃은 지나니 저문 봄에
속없이 우나니 지는 꽃을,
속없이 느끼나니 가는 봄을.
꽃지고 잎진 가지를 잡고
미친 듯 우나니 집 난 이는
해 다 지고 저문 봄에
허리에도 감은 첫 치마를
눈물로 함빡 쥐어짜며
속없이 우노나 지는 꽃을,
속없이 느끼노나 가는 봄을.

바리운 몸

꿈에 울고 일어나
들에
나와라

들에는 소슬비
머구리*는 울어라.
풀 그늘 어두운데

뒷짐지고 땅 보며 머뭇거릴 때.

누가 반딧불 꾀어드는 수풀 속에서
'간다 잘살아라'하며, 노래불러라.

---

* 머구리 : '개구리'의 옛말.

고락

무거운 짐 지고서 닫는 사람은
기구한 발뿌리만 보지 말고서
때로는 고개 들어 사방산천의
시원한 세상풍경 바라보시오.

먹이의 달고 씀은 입에 달리고
영욕의 고와 낙도 맘에 달렸소
보시오 해가 져도 달이 뜬다오
그믐밤 날 궂거든 쉬어 가시오.

무거운 짐 지고서 닫는 사람은
숨차다 고갯길을 탄치 말고서
때로는 맘을 눅여 탄탄대로의
이제도 있을 것을 생각하시오.

편안이 괴로움의 씨도 되고요
쓰림은 즐거움의 씨가 됩니다
보시오 화전망정 갈고 심으면
가을에 황금이삭 수북 달리오.

칼날 위에 춤추는 인생이라고
물속에 몸을 던진 몹쓸 계집애
어쩌면 그럴 듯도 하긴 하지만
그렇지 않은 줄은 왜 몰랐던고.

칼날 위에 춤추는 인생이라고
자기가 칼날 위에 춤을 춘 게지
그 누가 미친 춤을 추라 했나요
얼마나 비꼬인 계집애던가.

야말로 제 고생을 제가 사서는
잡을 데 다시 없어 엄나무지요
무거운 짐 지고서 닫는 사람은
길가의 청풀밭에 쉬어 가시오.

무거운 짐 지고서 닫는 사람은
기구한 발뿌리만 보지 말고서
때로는 춘하추동 사방산천의
뒤바뀌는 세상도 바라보시오.

무겁다 이 짐을랑 벗을 겐가요
괴롭다 이 길을랑 아니 걷겠나
무거운 짐 지고서 닫는 사람은
보시오 시내 위의 물 한 방울을.

한 방울 물이라도 모여 흐르면
흘러 가서 바다의 물결 됩니다
하늘로 올라가서 구름 됩니다
다시금 땅에 내려 비가 됩니다.

비 되어 나린 물이 모둥켜지면
산간엔 폭포 되어 수력전기요
들에선 관개 되어 만종석萬鍾石이요
메말라 타는 땅엔 기름입니다.

어여쁜 꽃 한 가지 이울어 갈 제
밤에 찬 이슬 되어 추겨도 주고
외로운 어느 길손 창자 주릴 제
길가의 찬 샘 되어 누꿔도 주오.

시내의 여지없는 물 한 방울도
흐르는 그만 뜻이 이러하거든
어느 인생 하나이 저만 저라고
기구하다 이 길을 타발켰나요.

이 짐이 무거움에 뜻이 있고요
이 짐이 괴로움에 뜻이 있다오
무거운 짐 지고서 닫는 사람이
이 세상 사람다운 사람이라오.

부모

낙엽이 우수수 떨어질 때,
겨울의 기나긴 밤,
어머님하고 둘이 앉아
옛이야기 들어라.

나는 어쩌면 생겨 나와
이 이야기 듣는가?
묻지도 말아라, 내일 날에
내가 부모 되어서 알아보랴?

반달

희멀끔하여 떠돈다, 하늘 위에,
빛 죽은 반달이 언제 올랐나!
바람은 나온다, 저녁은 춥고
흰 물가엔 뚜렷이 해가 드누나.

어두컴컴한 풀 없는 들은
찬 안개 위로 떠 흐른다.
아, 겨울은 깊었다 내 몸에는,
가슴이 무너져 내려앉는 이 설움아!

가는 임은 가슴의 사랑까지 없애고 가고
젊음은 늙음으로 바뀌어 든다.
들가시나무의 밤드는 검은 가지
잎새들만 저녁빛에 희끄무레 꽂지듯 한다.

길

어제도 하룻밤
나그네 집에
까마귀 까악까악 울며 새었소.

오늘은
또 몇십 리
어디로 갈까.

산으로 올라갈까
들로 갈까
오라는 곳이 없어 나는 못 가오.

말 마소 내 집도
정주 곽산
차 가고 배 가는 곳이라오.

여보소 공중에
저 기러기
공중엔 길 있어서 잘 가는가?

여보소 공중에
저 기러기
열 십자 복판에 내가 섰소.

갈래갈래 갈린 길
길이라도
내게 바이 갈 길은 하나 없소.

강촌

날 저물고 돋는 달에
흰 물은 솰솰…….
금모래 반짝…….
청靑노새 몰고 가는 낭군!
여기는 강촌
강촌에 내 몸은 홀로 사네.
말하자면, 나도 나도
늦은 봄 오늘이 다 진하도록
백년처권百年妻眷을 울고 가네.
길세 저문 나는 선비,
당신은 강촌에 홀로 된 몸.

바다가 변하여 뽕나무밭 된다고

걷잡지 못할 만한 나의 이 설움,
저무는 봄 저녁에 져 가는 꽃잎,
져 가는 꽃잎들은 나부끼어라.
예로부터 일러 오며 하는 말에도
바다가 변하여 뽕나무밭 된다고.
그러하다, 아름다운 청춘의 때의
있다던 온갖 것은 눈에 설고
다시금 낯모르게 되나니,
보아라, 그대여, 서럽지 않은가,
봄에도 삼월의 져가는 날에
붉은 피같이도 쏟아져 내리는
저기 저 꽃잎들을, 저기 저 꽃잎들을.

봄비

어룰없이 지는 꽃은 가는 봄인데
어룰없이 오는 비에 봄은 울어라.
서럽다, 이 나의 가슴 속에는!
보라, 높은 구름, 나무의 푸릇한 가지.
그러나 해 늦으니 어스름인가.
애달피 고운 비는 그어 오지만
내 모은 곶자리에 주저앉아 우노라.

불운에 우는 그대여

불운에 우는 그대여, 나는 아노라
무엇이 그대의 불운을 지었는지도,
부는 바람에 날려,
밀물에 흘러,
굳어진 그대의 가슴 속도.
모두 지나간 나의 일이면.
다시금 또 다시금
적황의 포말은 북고여라, 그대의 가슴 속의
암청의 이끼여, 거칠은 바위
치는 물가의.

하다 못해 죽어 달래가 옳나

아주 나는 바랄 것 더 없노라.
빛이랴 허공이랴,
소리만 남은 내 노래를
바람에나 띄워서 보낼 밖에.
하다 못해 죽어 달래가 옳나
좀더 높은 데서나 보았으면!

한 세상 다 살아도
살은 뒤 없을 것을,
내가 다 아노라 지금까지
살아서 이만큼 자랐으니.
예전에 지내 본 모든 일을
살았다고 이를 수 있을진댄!

물가의 닳아져 널린 굴 껍질에
붉은 가시덤불 벋어 늙고
어둑어둑 저문 날을
비바람에 울지는* 돌 무더기
하다 못해 죽어 달래가 옳나
밤의 고요한 때라도 지켰으면!

* 울지는 : '우짖는', '울부짖는'의 오식인 듯.

담배

나의 긴 한숨을 동무하는
못 잊게 생각나는 나의 담배!
내력을 잊어버린 옛 시절에
났다가 새 없이 몸이 가신
아씨님 무덤 위의 풀이라고
말하는 사람도 보았어라.
어물어물 눈앞에 스러지는 검은 연기,
다만 타붙고 없어지는 불꽃.
아 나의 괴로운 이 맘이여.
나의 하염없이 쓸쓸한 많은 날은
너와 한가지로 지나가라.

무덤

그 누가 나를 헤내는 부르는 소리.
불그스름한 언덕, 여기저기
돌 무더기도 움직이며, 달빛에,
소리만 남은 노래 서러워 엉겨라,
옛 조상들의 기록을 묻어 둔 그곳!
나는 두루 찾노라, 그곳에서!
형적 없는 노래 흘러 퍼져,
그림자 가득한 언덕으로 여기저기,
그 누구가 나를 헤내는 부르는 소리.
부르는 소리, 부르는 소리,
내 넋을 잡아 끌어 헤내는 부르는 소리.

마음의 눈물

내 마음에서 눈물난다.
뒷산에 푸르른 미루나무 잎들이 알지,
내 마음에서, 마음에서 눈물나는 줄을,
나 보고 싶은 사람, 나 한번 보게 하여 주소,
우리 작은놈 날 보고 싶어하지.

건넛집 갓난이도 날 보고 싶을 테지,
나도 보고 싶다, 너희들이 어떻게 자라는 것을.
나 하고 싶은 노릇 나 하게 하여 주소.
못 잊어 그리운 너의 품속이여!
못 잊고, 못 잊어 그립길래 내가 괴로워하는
조선이여.

마음에서 오늘날 눈물이 난다.
앞뒤 한길 포플러 잎들이 안다.
마음 속에 마음의 비가 오는 줄을,
갓난이야 갓놈아 나 바라보라
아직도 한길 위에 인기척 있나,
무엇 이고 어머니 오시나 보다.
부뚜막 쥐도 이젠 달아났다.

산

산새도 오리나무
위에서 운다
산새는 왜 우노, 시메산골
영 넘어가려고 그래서 울지.

눈은 내리네, 와서 덮이네.
오늘도 하룻길
칠팔십 리
돌아서서 육십 리는 가기도 했소.

불귀不歸, 불귀, 다시 불귀,
삼수갑산에 다시 불귀.
사나이 속이라 잊으련만,
십 오 년 정분을 못 잊겠네.

산에는 오는 눈, 들에는 녹는 눈.
산새도 오리나무
위에서 운다.
삼수갑산 가는 길은 고개의 길.

바라건대는 우리에게 우리의 보습 댈 땅이 있었더면

나는 꿈꾸었노라, 동무들과 내가 가지런히
벌 가의 하루 일을 다 마치고
석양에 마을로 돌아오는 꿈을,
즐거이, 꿈 가운데.

그러나 집 잃은 내 몸이여,
바라건대는 우리에게 우리의 보습 댈 땅이
있었더면!
이처럼 떠돌으랴, 아침에 저물손에
새라 새로운 탄식을 얻으면서.

동이랴, 남북이랴,
내 몸은 떠가나니, 볼지어다,
희망의 반짝임은, 별빛이 아득함은.
물결뿐 떠올라라, 가슴에 팔다리에.

그러나 어쩌면 황송한 이 심정을! 날로 나날이 내
앞에는
자칫 가드라나 길이 이어 가라. 나는 나아가리라
한 걸음, 또 한 걸음, 보이는 산비탈엔
온 새벽 동무들 저저 혼자…… 산경을 김매는.

물마름

주린 새 무리는 마른 나무의
해지는 가지에서 재갈이던 때.
온종일 흐르던 물 그도 곤하여
놀 지는 골짜기에 목이 메던 때.

그 누가 알았으랴 한쪽 구름도
걸려서 흐득이는 외로운 영嶺을
숨차게 올라서는 여윈 길손이
달고 쓴 맛이라면 다 겪은 줄을.

그곳이 어디더냐 남이장군이
말 먹여 물 끼얹던 푸른 강물이
지금에 다시 흘러 둑을 넘치는
천백 리 두만강이 예서 백 십 리.

무산茂山의 큰 고개가 예가 아니냐
누구나 예로부터 의를 위하여
싸우다 못 이기면 몸을 숨겨서
한때의 못난이가 되는 법이라.

그 누가 생각하랴 삼백 년래에

차마 받지 못한 다 못할 한과 모욕을
못 이겨 칼을 잡고 일어섰다가
인력의 다함에서 스러진 줄을.

부러진 대쪽으로 활을 메우고
녹슬은 호미쇠로 칼을 별러서
다독茶毒된 삼천 리에 북을 울리며
정의의 기를 들던 그 사람이여.

그 누가 기억하랴 다북동에서
피 물든 옷을 입고 외치던 일을
정주성 하룻밤의 지는 달빛에
애끊긴 그 가슴이 숫기 된 줄을.

물 위에 뜬 마름에 아침 이슬을
불붙는 산마루에 피었던 꽃을
지금에 우러르며 나는 우노라
이루며 못 이룸에 박薄한 이름을.

잠 못 드는 태양

이 잠 못 드는 태양아! 우울한 별아!
그 빛은 두려움으로 떨면서
눈물지으며 연기로 타오르고 저 멀리서
저 끝없는 차가운 그림자를 나타내 보이는 것을
어차피 흩어 버려 좇을지라도
그 바닥에 이르지 못하나니
하여 못 견디게 그리울지라도
이미 멸망해 타 없어질 것을 어찌하랴.
찬란한 빛으로 한때 빛나는 다른 나날들이
있을지라도
힘없는 사양斜陽을 적실 뿐이로다.
밤은 흐릿한 눈초리를 가지고 바라보며 잠 못 들어.
선명한 그러나 머나먼
뚜렷한 그러나 머나먼
선명한 그러나 아 얼마나 추운 곳인가!

나는 세상 모르고 살았노라

'가고 오지 못한다' 하는 말을
철없던 내 귀로 들었노라.
만수산 올라서서
옛날에 갈라선 그 내 임도
오늘날 뵈올 수 있었으면.

나는 세상 모르고 살았노라.
고락에 겨운 입술로는
같은 말도 조금 더 영리하게
말하게도 지금은 되었건만.
오히려 세상 모르고 살았으면!

'돌아서면 무심타'고 하는 말이
그 무슨 뜻인 줄을 알았으랴.
제석산 붙는 불은 옛날에 갈라선 그 내 임의
무덤의 풀이라도 태웠으면!

엄숙

나는 혼자 뫼 위에 올랐어라.
솟아 퍼지는 아침 햇빛에
풀잎도 번쩍이며
바람은 속삭여라.
그러나
아아 내 몸의 상처받은 맘이여.
맘은 오히려 저리고 아픔에 고요히 떨려라.
또 다시금 나는 이 한때에
사람에게 있는 엄숙을 모두 느끼면서.

여수

1

우월 어스름 때의 빗줄기는
암황색의 시골屍骨을 묶어 세운 듯,
뜨며 흐르며 잠기는 손의 널 쪽은
지향도 없어라, 단청丹靑의 홍문紅門!

2

저 오늘도 그리운 바다,
건너다보자니 눈물겨워라!
조그마한, 보드라운 그 옛적 심정의
분결 같은 그대의 손이
사시나무보다도 더한 아픔이
내 몸을 에워싸고 휘떨며 찔러라,
나서 자란 고향의 해돋는 바다요.

새벽

낙엽이 발이숨는 못물가에
우뚝우뚝한 나무 그림자.
물빛조차 어슴프레히 떠오르는데,
나 혼자 섰노라, 아직도 아직도,
동녘 하늘은 어두운가.
천인天人에도 사랑 눈물, 구름 되어,
외로운 꿈의 베개 흐렸는가.
나의 임이여, 그러나 그러나,
고이도 불그스레 물질러 와라
하늘 밟고 저녁에 섰는 구름.
반달은 중천에 지샐 때.

묵념

이슥한 밤, 밤 기운 서늘할 제
홀로 창턱에 걸터앉아, 두 다리 늘이우고,
첫 머구리 소리를 들어라.
애처롭게도, 그대는 먼저 혼자서 잠드누나.

내 몸은 생각에 잠잠할 때. 희미한 수풀로서
촌가의 액厄막이 제祭 지내는 불빛은 새어 오며,
이윽고, 비난수도 머구리 소리와 함께 잦아져라.
가득히 차 오는 내 심령은…… 하늘과 땅 사이에.

나는 무심히 일어 걸어 그대의 잠든 몸 위에 기대어라
움직임 다시 없이, 만뢰萬籟는 구적俱寂한데,
희요熙耀히 내려비치는 별빛들이
내 몸을 이끌어라, 무한히 더 가깝게.

3

산유화

산유화

산에는 꽃 피네
꽃이 피네
갈 봄 여름 없이
꽃이 피네

산에
산에
피는 꽃은
저만치 혼자서 피어 있네

산에서 우는 작은 새요
꽃이 좋아
산에서
사노라네

산에는 꽃지네
꽃이 지네
갈 봄 여름 없이
꽃이 지네

산 위에

산 위에 올라서서 바라다보면
가로막힌 바다를 마주 건너서
임 계시는 마을이 내 눈 앞으로
꿈 하늘 하늘같이 떠오릅니다.

흰 모래 모래 비낀 선창가에는
한가한 뱃노래가 멀리 잦으며
날 저물고 안개는 깊이 덮여서
흩어지는 물꽃뿐 아득합니다.

이윽고 밤 어둡는 물새가 울면
물결 좇아 하나 둘 배는 떠나서
저 멀리 한바다로 아주 바다로
마치 가랑잎같이 떠나갑니다.

나는 혼자 산에서 밤을 새우고
아침 해 붉은 볕에 몸을 씻으며
귀 기울이고 솔곳이 엿듣노라면
임 계신 창 아래로 가는 물노래.

흔들어 깨우치는 물노래에는
내 임이 놀라 일어 찾으신대도
내 몸은 산 위에서 그 산 위에서
고이 깊이 잠들어 다 모릅니다.

고향

1
짐승은 모르나니 고향이나마
사람은 못 잊는 것 고향입니다
생시에는 생각도 아니하던 것
잠들면 어느덧 고향입니다.

조상님 뼈 가서 묻힌 곳이라
송아지 도움들과 놀던 곳이라
그래서 그런지도 모르지마는
아아 꿈에서는 항상 고향입니다.

2
봄이면 곳곳이 산새 소리
진달래 화초 만발하고
가을이면 골짜구니 물드는 단풍
흐르는 샘물 위에 떠내린다.

바라보면 하늘과 바닷물과
차 차 차 마주 붙어 가는 곳에
고기잡이 배 돛 그림자

어기엇차 디엇차 소리 들리는 듯.

3
떠도는 몸이거든
고향이 탓이 되어
부모님 기억 동생들 생각
꿈에라도 항상 그곳서 뵈옵니다.

고향이 마음 속에 있습니까,
마음 속에 고향도 있습니다.
제 넋이 고향에 있습니까,
고향에도 제 넋이 있습니다.

4
물결에 떠내려간 부평 줄기
자리잡을 새도 없네
제자리로 돌아갈 날 있으랴마는!
괴로운 바다 이 세상의 사람인지라 돌아가리.

고향을 잊었노라 하는 사람들
나를 버린 고향이라 하는 사람들
죽어서만은 천애일방天涯一方 헤매지 말고
넋이라도 있거들랑 고향으로 네 가거라.

우리 집

이 바로
외따로 와 지나는 사람 없으니
'밤 자고 가자'하며 나는 앉아라.

저 멀리 하늘 편에
배는 떠나 나가는
노래 들리며

눈물은
흘러내려라
스르르 내려감는 눈에.

꿈에도 생시에도 눈에 선한 우리 집
또 저 산 넘어 넘어
구름은 가라.

나의 집

들가에 떨어져 나가 앉은 뫼 기슭에
넓은 바다의 물가 뒤에,
나는 지으리, 나의 집을,
다시금 큰길을 앞에다 두고.
길로 지나가는 그 사람들은
제각기 떨어져서 혼자 가는 길.
하얀 여울턱에 날은 저물 때.
나는 문깐에 서서 기다리리.
새벽 새가 울며 지새는 그늘로
세상은 희게, 또는 고요하게
번쩍이며 오는 아침부터
지나가는 길손을 눈여겨 보며,
그대인가고, 그대인가고,

달맞이

정월 대보름날 달맞이,
달맞이 달마중을 가자고!
새라 새 옷을 갈아입고도
가슴엔 묵은 설움 그대로,
달맞이 달마중을 가자고!
달마중 가자고 이웃집들!
산 위에 수면에 달 솟을 때
돌아들 가자고 이웃집들!
모작별 삼성이 떨어질 때
달맞이 달마중을 가자고!
다니던 옛동무 무덤 가에
정월 대보름날 달맞이!

들놀이

들꽃은
피어
흩어졌어라.

들풀은
들로 한 벌 가득히 자라 높았는데,
뱀의 헐벗은 묵은 옷은
길 분전分傳의 바람에 날아 돌아라.

저 보아, 곳곳이 모든 것은
번쩍이며 살아 있어라.
두 날개 펼쳐 떨며
소리개도 높이 떴어라.

때에 이내 몸
가다가 또다시 쉬기도 하며,
숨이 찬 내 가슴은
기쁨으로 채워져 사뭇 넘쳐라.

걸음은 다시금 또 더 앞으로……

엄마야 누나야

엄마야 누나야 강변 살자,
뜰에는 반짝이는 금모랫빛,
뒷문 밖에는 갈잎의 노래
엄마야 누나야 강변 살자.

접동새

접동
접동
아우래비 접동

진두강 가람 가에 살던 누나는
진두강 앞 마을에
와서 웁니다

옛날, 우리 나라
먼 뒤쪽의
진두강 가람 가에 살던 누나는
의붓어미 시샘에 죽었습니다

누나라고 불러 보랴
오오 불설워
시새움에 몸이 죽은 우리 누나는
죽어서 접동새가 되었습니다

아홉이나남아 되던 오랩동생을
죽어서도 못 잊어 차마 못 잊어.
야삼경 남 다 자는 밤이 깊으면
이산 저산 옮아가며 슬피 웁니다

자주 구름

물 고운 자주 구름,
하늘은 개어 오네.
밤중에 몰래 온 눈,
솔 숲에 꽃 피었네.

아침 별 빛나는데
알알이 뛰도는 눈
반새에 지난일은……
다 잊고 바라보네.

움직거리는 자주 구름.

박넝쿨 타령

박넝쿨이 에헤이요 벋을 적만 같아선
온세상을 얼사쿠나 다 뒤덮는 것 같더니
하드니만 에헤이요 에헤이요 에헤야
초가집 삼 간을 못 덮었네, 에헤이요 못 덮었네.

복숭아꽃이 에헤이요 피일 적만 같아선
봄동산을 얼사쿠나 도맡아 놀 것 같더니
하드니만 에헤이요 에헤이요 에헤야.
나비 한 마리도 못 붙잡데, 에헤이요 못 붙잡데.

박넝쿨이 에헤이요 벋을 적만 같아선
가을 올 줄을 얼사쿠나 아는 이가 적드니
얼사쿠나 에헤이요 하룻밤 서리에, 에헤요.
잎도 줄기도 노그라 붙고 둥근 박만 달렸네.

박고랑 위에서

우리 두 사람은
키 높이 가득 자란 보리밭, 밭고랑 위에 앉았어라.
일을 마치고 쉬는 동안의 기쁨이여.
지금 두 사람의 이야기에는 꽃이 필 때.

오오 빛나는 태양은 내려 쪼이며
새 무리들도 즐거운 노래, 노래불러라.
오오 은혜여, 살아 있는 몸에서 넘치는 은혜여,
모든 은근스러움이 우리의 맘 속을 차지하여라.

세계의 끝은 어디? 자애의 하늘은 넓게도 덮였는데,
우리 두 사람은 일하며 살아 있었어.
하늘과 태양을 바라보아라 날마다 날마다도,
새라 새로운 환희를 지어 내며, 늘 같은 땅 위에서.

다시 한 번 활기 있게 웃고 나서, 우리 두 사람은
바람에 일리우는 보리밭 속으로
호미 들고 들어갔어라, 가지런히 가지런히,
걸어 나아가는 기쁨이여, 오오 생명의 향상이여.

비단 안개

눈들이 비단 안개에 둘릴 때,
그때는 차마 잊지 못할 때러라.
만나서 울던 때도 그런 날이요,
그리워 미친 날도 그런 때러라.

눈들이 비단 안개에 둘리 때,
그때는 홀목숨은 못살 때러라.
눈 풀리는 가지에 당치마 귀로
젊은 계집 목매고 달릴 때러라.

눈들이 비단 안개에 둘리던 때,
그때는 종달새 솟을 때러라.
들에랴 바다에랴, 하늘에서랴,
알지 못할 무엇에 취할 때러라.

눈들이 비단 안개에 둘릴 때,
그때는 차마 잊지 못할 때러라.
첫사랑 있던 때도 그런 날이요,
영이별 있던 날도 그런 때러라.

여름의 달밤

서늘하고 달 밝은 여름 밤이여
구름조차 희미한 여름 밤이여
그지없이 거룩한 하늘로서는
젊음의 붉은 이슬 젖어 내려라.

행복의 맘이 도는 높은 가지의
아슬아슬 그늘 잎새를
배불러 기어 도는 어린 벌레도
아아 모든 물결은 복받았어라.

벋어 벋어 오르는 가시 덩굴도
희미하게 흐르는 푸른 달빛이
그림 같은 여기에 멱감을러라.
아아 너무 좋아서 잠 못 들어라.

우긋한 풋대들은 춤을 추면서
갈잎들은 그윽한 노래 부를 때,
오오 내려 흔드는 달빛 가운데
나타나는 영원을 말로 새겨라.

자라는 물벼 이삭 벌에서 불고

마을로 은銀 숫듯이 오는 바람은
눅자추는 향기를 두고 가는데
인가 들은 잠들어 고요하여라.

하루 종일 일하신 아기 아버지
농부들도 편안히 잠들었어라.
영 기슭의 어둑한 그늘 속에선
쇠스랑과 호미뿐 빛이 피어라.

이윽고 식새리의 우는 소리는
밤이 들어가면서 더욱 잦을 때
나락 밭 가운데의 우물가에는
농녀農女의 그림자가 아직 있어라.

달빛은 그무리며 넓은 우주에
잃어졌다 나오는 푸른 별이요.
식새리의 울음의 넘는 곡조요.
아아 기쁨 가득한 여름 밤이여.

삼간집에 불붙는 젊은 목숨의
정열에 목맺히는 우리 청춘은

서느러운 여름 밤 잎새 아래의
희미한 달빛 속에 나부끼어라.

한때의 자랑 많은 우리들이여
농촌에서 지나는 여름보다도
여름의 달밤보다 더 좋은 것이
인간의 이 세상에 다시 있으랴.

조그만 괴로움도 내어 버리고
고요한 가운데서 귀 기울이며
흰 달의 금물결에 노를 저어라.
푸른 밤의 하늘로 목을 놓아라.

아아 찬양하여라 좋은 한때를,
흘러 가는 목숨을, 많은 행복을.
여름의 어스레한 달밤 속에서
꿈 같은 즐거움의 눈물 흘러라.

바다

뛰노는 흰 물결이 일고 또 잦는
붉은 풀이 자라는 바다는 어디

고기잡이꾼들이 배 위에 앉아
사랑 노래 부르는 바다는 어디

파랗게 좋이 물든 남빛 하늘에
저녁놀 스러지는 바다는 어디

곳 없이 떠다니는 늙은 물새가
떼를 지어 좇이는 바다는 어디

건너 서서 저편은 딴 나라이라
가고 싶은 그리운 바다는 어디

가을 아침에

아득한 파르스레한 하늘 아래서
회색의 지붕들은 번쩍거리며,
성깃한 섭나무의 드믄 수풀을
바람은 오다가다 울며 만날 때,
보일락말락하는 멧골에서는
안개가 어지러이 흘러 쌓여라.

아아 이는 찬비 온 새벽이러라.
냇물도 잎새 아래 얼어 붙누나.
눈물에 쌓여 오는 모든 기억은
피 흘린 상처조차 아직 새로운
가주 난 아기같이 울며 서두는
내 영을 에워싸고 속살거려라.

'그대의 가슴 속이 가볍던 날
그리운 그 한때는 언제였었노!'
아아 어루만지는 고운 그 소리
쓰라린 가슴에서 속살거리는,
미움도 부끄럼도 잊은 소리에,
끝없이 하염없이 나는 울어라.

여자의 냄새

푸른 구름의 옷 입은 달의 냄새.
붉은 구름의 옷 입은 해의 냄새.
아니 땀 냄새, 때묻은 냄새.
비를 맞아 더러운 살과 옷 냄새.

푸른 바다…… 어지러는 배……
보드라운 그리운 어떤 목숨의
조그마한 푸릇한 그무러진 영靈
어우러져 빗기는 살의 아우성……

다시는 장사 지나간 숲 속엣 냄새.
유령 실은 널뛰는 뱃간엣 냄새.
생고기의 바다의 냄새.
늦은 봄의 하늘을 떠도는 냄새.

모대 두덩 바람은 그물 안개를 불고
먼 거리의 불빛은 달 저녁을 울어라.
냄새 많은 그 몸이 좋습니다.
냄새 많은 그 몸이 좋습니다.

농촌 처녀를 보고

뽕 따고 나물 캐는
아리따운 저 처녀의
새하얀 가슴 속에
넘치는 붉은 사랑
진주 같은 그 사랑

그 누가 엿보랴
춘정에 움직이는
부끄러운 그 미소
맑은 공기를
가벼이 흔드누나

생의 감격

깨어 누운 아침의
소리없는 잠자리
무슨 일로 눈물이
새암 솟듯 하오리.

못 잊어서 함이랴
그 대답은 '아니다'
아수여움 있느냐
그 대답도 '아니다'

그리하면 이 눈물
아무 탓도 없느냐
그러하다 잠자코
그마만큼 알리라.

실틈 만한 틈마다
새어 드는 첫별아
내 어릴 적 심정을
네가 지고 왔느냐.

하염없는 이 눈물
까닭 모를 이 눈물
깨어 누운 자리를
사무치는 이 눈물,

당정할손 삶은
어여쁠손 밝음은
항상 함께 있고자
내가 사는 반백 년.

개미

진달래꽃이 피고
바람은 버들 가지에서 울 때,
개미는
허리 가느다란 개미는
봄날의 한나절, 오늘 하루도
고달피 부지런히 집을 지어라.

금잔디

잔디,
잔디,
금잔디.
심심산천에 붙은 불은
가신 임 무덤 가에 금잔디.
봄이 왔네, 봄빛이 왔네,
버드나무 끝에도 실 가지에.
봄빛이 왔네, 봄이 왔네,
심심산천에도 금잔디에.

합장

나들이. 단 두 몸이라. 밤빛은 배여 와라.
아, 이거 봐, 우거진 나무 아래로 달 들어라.
우리는 말하며 걸었어라, 바람이 부는 대로.

등불 빛에 거리는 헤적하여라, 희미한 하늘 편에
고이 밝은 그림자 아득하고
퍽도 가까운 풀밭에서 이슬이 번쩍여라.

밤은 막 깊어 사방은 고요한데,
이마적, 말도 안하고, 더 안 가고,
길가에 우두커니 눈 감고 마주 서서.
먼먼 산. 산절의 절 종소리. 달빛은 지새어라.

붉은 조수

바람에 밀려드는 저 붉은 조수
저 붉은 조수가 밀려들 때마다
나는 저 바람 위에 올라서서
푸릇한 구름의 옷을 입고
불 같은 저 해를 품에 안고
저 붉은 조수와 나는 함께
뛰놀고 싶구나, 저 붉은 조수와.

저녁때

마소의 무리와 사람들은 돌아들고, 적적히 빈 들에,
엉머구리 소리 우거져라.
푸른 하늘은 더욱 낮추, 먼 산 비탈길 어두운데.
우뚝우뚝한 드높은 나무, 잘 새도 깃들여라.

볼수록 넓은 벌의
물빛을 물끄러미 들여다보며
고개 수그리고 박은 듯이 홀로 서서
긴 한숨을 짓느냐. 왜 이다지!

온 것을 아주 잊었어라, 깊은 밤 예서 함께
몸이 생각에 가볍고, 맘이 더 높이 떠오를 때,
문 득, 멀지 않은 갈숲 새로
별빛이 솟구어라.

임과 벗

벗은 설움에서 반갑고
임은 사랑에서 좋아라.
딸기 꽃 피어서 향기로운 때를
고추의 붉은 열매 익어 가는 밤을
그대여, 부르라, 나는 마시리.

널

성촌城村의 아가씨들
널뛰노나
초파일 날이라고
널을 뛰지요

바람 불어요
바람이 분다고!
담안에는 수양의 버드나무
채색 줄 층층그네 매지를 말아요

담밖에는 수양의 늘어진 가지
늘어진 가지는
오오 누나!
휘젓이 늘어져 그늘이 깊소

좋다 봄날은
몸에 겹지
널 뛰는 성촌의 아가씨네들
널은 사랑의 버릇이라오

건강한 잠

상냥한 태양이 씻은 듯한 얼굴로
산속의 고요한 거리 위를 쓴다.
봄 아침 자리에서 갓 일어난 몸에
홑것을 걸치고 들에 나가 거닐면
산뜻이 살에 숨는 바람이 좋기도 하다.
뾰족뾰족한 풀 엄을
밟는가봐 저어
발도 사뿐히 가려 놓을 때
과거의 십년 기억은 머리 속에 선명하고 오늘날의 보람 많은 계획이 확실히 선다.
마음과 몸이 아울러 유쾌한 간밤의 잠이여.

상쾌한 아침

무연한 벌 위에 들어다 놓은 듯한 이 집
또는 밤새에 어디서 어떻게 왔는지 아지 못할 이 비.
신개지에도 봄은 와서 가냘픈 빗줄은
뚝가의 어슴푸레한 개버들 어린 엄도 추기고,
난벌에 파릇한 뉘 집 파밭에도 뿌린다.
뒷 가시나무밭에 깃들인 까치 떼 좋아 짖거리고
개굴가에서 오리와 닭이 마주 앉아 깃을 다듬는다.
무연한 이 벌 심거서 자라는 꽃도 없고 메꽃도 없고
이 비에 장차 이름 모를 들꽃이나 필는지?
장쾌한 바닷물결, 또는 구릉의 미묘한 기복도 없이
다만 되는 대로 되고 있는 대로 있는 무연한 벌!
그러나 나는 내버리지 않는다. 이 땅이 지금
쓸쓸타고,
나는 생각한다. 다시금, 시원한 빗발이 얼굴에 칠
때,
예서뿐 있을 앞날의 많은 변전의 후에
이 땅이 우리의 손에서 아름다와질 것을!
아름다와질 것을!

드리는 노래

한집안 사람 같은 저기 저 달님

당신은 사랑의 달님이 되고
우리는 사랑의 달무리 되자
쳐다보아도 가까운 달님
늘 같이 놀아도 싫잖은 우리

믿어움 의심 없는 모름의 달님

당신은 분명한 약속이 되고
우리는 분명한 지킴이 되자
밤이 지샌 뒤라도 그믐의 달님
잊은 듯 보였다가도 반기는 우리
귀엽긴 귀여워도 의젓한 달님

당신은 온 천하의 달님이 되고
우리는 온 천하의 잔별이 되자
넓은 하늘이라도 좁았던 달님
수줍음 수줍음을 따르는 우리

인간미

어스름 황혼 부드러운 바람
바람결조차 달려오는 울리움
그것은 죽어가는 인생의 권태의 소리외다.

붉은 저고리 푸른 치마
손뼉 치고 노래하는 무리
그것은 생生의 약동의 곡조입니다.

구석구석 틈 하나 없이
백 마리 천 마리 돌돌버러지
그것은 생이란 줄을 쏘는 무덤의 사자使者외다.

죽음의 부르짖음, 생의 노래
무덤의 사자
나는 여기서 인간이란 별別 맛을 맛봅니다.

4

꿈길

서문

— 북한에서 출간된『김소월의 시선집』에서

이 선집은 2백여 편에 달하는 그의 작품 가운데서 선발하여 묶은 것으로 주로『소월 시초』와『진달래꽃』등 두 권의 시집에 따랐다. 그에게는 한편의 시론과 약간의 서한들과 그밖에 미발표 작품들이 허다히 있으나 짧은 시일에 재료를 다 추릴 수 없어서 다음 기회로 미루었다. 이 선집을 통하여 우리는 향토와 인민에 대한 사랑으로 일관된 서정시인으로서의 김소월의 풍모를 속속들이 느낄 수 있으나 그렇다고 이것이 그의 전부는 아니다. 당시 서울을 중심으로 한 문학계와의 접촉이 소원하였던 그는 자기 작품의 태반을『가면假面』『영대』와 같은 동인 잡지에 발표하였기 때문에 지금 당장 찾아보기 힘든 작품들이 많다. 1919년 3·1운동 직후부터 30년대 초에 이르기까지의 약 10년간에 걸쳐 작품활동을 한 김소월은 대표작「초혼」을 비롯하여「진달래꽃」,「삭주구성」,「먼 후일」등 주옥같은 작품을 남겨놓았다. 그가 남겨놓은 두 권의 시집 진달래꽃과 소월 시초에서 보는 바와 같은 산만한 배열을 버리고 그의 작품에 대한 올바른 이해를 위하여 선발한 그의 작품들은 대체로 사상 주제별로 하여 향토와 조국과 인민에 대한 긍지와 사랑을 내용으로 한 것, 인정세태와 풍물을 노래한 것. 사랑에 관한 테마로 배열해서 수록하도록 했다. 그의 서거 20

주년을 기념하여 발간하는 이 선집을 통하여 우리는 현대 조선 시문학 개척자의 한 사람인 그의 탁월한 업적과 특출한 재질을 엿보고도 남는다. 그의 작품이 내포하고 있는 인민성과 높은 호소성, 시적 언어의 밀도와 발랄성, 다양 다채로운 형식 등은 광범한 인민의 이해와 사랑을 받고 있을 뿐만 아니라 시문학 창작의 길에 적지 않은 도움을 주리라고 본다. (조선작가 동맹출판사 1955년 2월 편집부)

---

* 4부는 북한에서 간행된 김소월 시선집의(초판본에 있던) 시를 실었다.

어인 魚人

헛된 줄 모르고나 살면 좋아도!
오늘도 저 너머편 마을에서는
고기잡이 배 한척 길 떠났다고,
작년에도 바닷물이 무서웠건만

남의 나라 땅

돌아다 보이는 무쇠 다리
얼결에 뛰어 건너서서
숨 그르고 발 놓는 남의 나라 땅.

실제 失題

동무들 보십시오 해가집니다
해지고 오늘날은 가노랍니다
웃옷을 잽시 빨리 입으십시오
우리도 산마루로 올라갑시다

동무들 보십시오 해가집니다
세상의 모든 것은 빛이 납니다.
이제는 주춤주춤 어둡습니다
예서 더 저문 때를 밤이랍니다

동무들 보십시오 밤이 옵니다
박쥐가 발뿌리에 일어납니다
두 눈을 인제 그만 감으십시오
우리도 골짜기로 내려갑시다.

부엉새

간밤에
뒷창 밖에
부엉새가 와서 울더니
하루를 바다 위에 구름이 캄캄
오늘도 해 못 보고 날이 저무네.

닭소래

그대만 업게 되면
가슴 뛰노는 닭소래 늘 들어라

밤은 아주 새여울 때
잠은 아주 달아날 때

꿈은 이루기 어려워라

저리고 아픔이어
살기가 왜 이리 고달프냐

새벽그림자 산란散亂한 들풀 위를
혼자서 거닐어라

락천 樂天

살기에 이러한 세상이라고
마음을 그렇게나 먹어야지,
살기엔 이러한 세상이라고
꽃 지고 잎 진 가지에 바람이 분다.

바람과 봄

봄에 부는 바람, 바람부는 봄
작은 가지 흔들리는 바람, 부는 바람.
봄이라, 바람이어라 이내 몸에는
꽃이라, 술잔이라 하며 우노라

찬 저녁

퍼르스럿한 달은, 성황당의
군데군데 헐어진 담모도리에
우둑히 걸리웠고, 바위 우의
까마귀 한 쌍바람에 나래를 펴라.

엉깃한 무덤들은 들먹거리며,
눈 녹아 황토 드러난 멧 기슭의,
러기리, 거리 불빛도 떨어져 나와
집 짓고 들었노라, 오오 가슴이여

세상은 무덤보다도 다시 멀고
눈물은 물보다 더 더움이 없어라
오오 가슴이여, 모닥불 피여오르는
내 한 세상, 마당가의 가을도 갔어라.

그러나 나는, 오히려 나는
소리를 들어라, 눈서깃물이 씨근거리는,
땅 우에 누 웠어, 밤마다 누워,
담모도리에 걸린 달을 내가 또 보므로

꿈 길

물구슬의 봄 새벽 아득한 길
하늘이며 들 사이에 넓은 숲
젖은 향기 불긋한 일 우의 길
실그물의 바람 비쳐 젖은 숲
나는 걸어 가노라 이러한 길
밤저녁 그늘진 그대의 꿈
흔들리는 다리 우 무지개 길
바람조차 가릉 봄, 거칠은 꿈

여성적 감수성으로 그려낸 사랑의 시학

김순아

1. 시는 여성적 장르다. 아니 모든 문학은 여성적 장르이다. 문학이 통념을 깨고 다르게 살려는 상상력에서 출발한 것이라면, 삶의 과정에서 부딪치는 타자와의 관계 양식을 말하는 것이라면, 문학은 본디 여성적인 것이라 해도 과언이 아닐 것이다. '여성적'이란 말은 '여성'과 동의어가 아니다. 여성적이란 나와 다른 것, 즉 타자를 받아들이는 여성의 존재 방식, 공감 능력을 뜻한다. 자기를 열어 타자를 껴안음으로써 융화(공감)를 이루고, 새로운 생명을 창조함으로써 늘 달라지는 여성의 존재 방식은 시詩의 창작 과정과 닮았다. 한국 근대 시사에서 이런 여성성을 가장 잘 드러내 보인 시인으로 김소월을 꼽을 수 있다.

소월 시는 전통적인 리듬을 즐겨 사용하고, 한국인의 정서를 탁월하게 담아냈다고 평가된다. 특히 여성 화자를 내세우거나 여성적 감성을 드러내어 더 주목돼 왔다. 그렇다면 그 이유가 과연 무얼까? 소월의 여성적 성향은 주로 개인사와 관련하여 이해돼 왔다. 정주 · 곽산 간 철도를 가설하던 목도꾼들에게 몰매를 당해 정신 이상자가 된 아버지(북한 자료에 의하면 일본인 부랑자들에게 구타를 당한 것으로 되어 있다) 대신 가장 역할을 해야 했던 어머니, 어린 소월에게 수많은 민담 · 민화를 들려주었던 숙모 등 여성으로 둘러싸인 환경이 그를 여성 편향적 시인으로 만들었다는 것이다. 그러나 시의 여성성은 소월뿐 아니라, 당대의 다른 남성 시인들에게서도 드러나며, 이것은 시대 상황 또한 시인들에게 큰 영향을 끼쳤음을 뜻한다. 따라서 여성적 감수성은 개인 성향을 넘어 시대 상황과 관련하여 살펴야 한다.

2. 소월이 살았던 시대는 일제의 무단 통치로 인해 우리의 전통적 가치가 붕괴되기 시작한 혼란기였다. 시대의 혼란은 불안과 좌절을 겪게 하고, 세계 및 자기 정체성에 대해서도 중대한 질문을 하게 한다. 이 사유의 시공간에서 시인들은 그동안 미처 알지 못했던 자신의 낯선 모습을 발견하고, 지금-이곳과는 다른 새로운 삶의 가능성을 모색하게 된다. 그런 의미에서 소월의 다음 시는 매우 흥미롭다.

나의 맘 속에 속 모를 곳에/ 늘 있는 그 사람을 내가 압니다.// (중략)/ 한두 번만 아니게 본 듯하여서/나자부터 그리운 그 사람이오.// (중략)// 나를 못 잊어하여 못 잊어하여/ 애타는 그 사랑이 눈물이 되어,/ 한끝 만나리 하는 내 몸을 가져/ 몹쓸음을 둔 사람, 그 나의 사람?

「맘속의 사람」에서

이 시의 화자가 그리워하는 대상은 날 때부터 내 안에 있던 사람이다. 시인이 그 '속'에 존재하는 사람을 나의 한끝이고, 낯모를 내 사람이며, 내 몸을 가져 몹쓸 사람이라고 할 때, 그 사람은 자기 안에 있는 한 쌍으로서의 주체, 곧 양성성을 의미한다. 양성성으로서의 타자성은 의식화되기 이전의, 내면과 관련되고, 자신과 다른 것을 받아들이는 여성적 기질과도 맥이 닿는다. 여성적 기질은 여성에게만 국한된 요소가 아니다. 여성 안에도 아니무스적 남성성이 존재하듯이, 남성의 내면에도 아니마적 요소로서의 여성성이 존재하며, 나아가 모든 생명 있는 존재들에게도 깃들어 있다. 「맘속의 사람」은 이러한 근원으로서의 자기 '한끝'을 뜻한다.

시에서 그리움은 단순한 그리움이 아니라, 부정적인 현실에서 찾게 되는 존재의 근원, 그 본질(사랑)에 다가가려는 마음의 표상이다. 식민지라는, 자기 본래의 정체성마저 잃어버린 시대적 위기 상황에서, 어쩌면 시인은 온전한 세계 회복을 꿈꾸며 존재의 기원을 찾고 있는지도 모른다. 물론 그 '타자'의 모습은 추상적이고, 구체적으로 대면하는 데까지 이르지 못하고 있지만, 시인의 예민한 감수성은 자기 안의 타자를 어렴풋이 느끼고 있다. 그리움이 눈물과 뒤섞이는 이유는 그 타자가 늘 어렴풋하게만 느껴지는 안타까움 때문으로 보인다. 이런 모습은 「그를 꿈꾼 밤」, 「꿈꾼 그 옛날」, 「꿈」과 같이 '꿈'을 소재로 한 다수의 시편에서 드러나며, 당대 사회의 타자성을 벗어나려는 갈망으로 이어진다.

> 푸른 구름의 옷 입은 달의 냄새./ 붉은 구름의 옷 입은 해의 냄새./ 아니 땀 냄새, 때묻은 냄새./ 비를 맞아 더러운 살과 옷 냄새.// 푸른 바다…… 어지리는 배……// (중략) 냄새 많은 그 몸이 좋습니다.
>
> 「여자의 냄새」에서

위 시의 여자는 여자 자체가 아닌, 거대한 자연, 우주적 존재이다. 이 존재가 풍기는 냄새를 좋아한다는 것은 시인이 그 세계를 지향한다는 뜻이다. 더러움과 아름다움, 너와 나를 구분하지 않는 원초적 세계, 본연의 존재성 회복을 추구하고 있는 것이다. 이는 근대성을 부정하는 인식에서 비롯된 것으로 보인다. 서구 근대의 주체들은 근대화 과정에서 비서구인/자연/여성 등을 야만으로 규정했고, 가족 공동체적 유대로부터 벗어난 '자율적 남성 주체'라는 이상적 표상을 만들어내 제국주의적 침략을 합리화했다. 한국문단에서 이 개념은 당시 동경 유학생들에 의해 들어온다. 중앙 시단을 장악했던 동경 유학생들은 일제의 근대적 흐름을 조선 문단에 옮겨 놓았는데, 그것이 곧 자유시다. 이들은 자유시를 씀으로서 스스로를 근대화된 주체라고 생각했고, 이때 근대화된 주체는 당연히 남성 주체로 받아들여졌다. 그러나 그것은 결국 식민지 본국의 문학을 떠받치는 일에 지나지 않았다. 허나 소월은 이런 분위기를 무조건 따르지 않는다. 그의 시가 전통적 리듬을 즐겨 사용하는 것도 바로 이 때문일 것이다. 물론 개인의 경험과 감정을 중시하는 그의 시는 근대적 성격을 띠지만, 남성이 추동하는 근대성과는 분명 거리가 있다.

「나의 집」에서 시인이 그리는 '집'은 외지고 폐쇄된 자리이다. 그곳은 경성과 거리를 두려는 마음, 혹은 중앙문단과 거리를 두려는 마음에서 그려진 곳일 수 있다. 어떻든 시인이 경성이라는 도시와 대비되는 자연, 중심이 아닌 주변, 소외의 공간을 자처한다는 것은 그가 근대성으로부터 멀어지려 한다는 뜻으로 짐작된다. 주목되는 것은 그 공간에서 화자가 기다리는 사람이 오직 '그대'라는 점이다. 이는 시인이 진정한 사랑을 찾고 있다는 뜻이다. 진정한 사랑은 다수와 이루어질 수 없다. 개인은 다수를 사랑할 수 없고, 다수가 모인 집단은 이기주의가 될 수 있다. 단체주의, 지역주의, 전체주의 등이 모두 여기서 파생된 것 아닌가. 그것이 소수의 타자들에게 폭력을 행사하는 힘으로 작용하지 않는가. 그러나 '너'와의 사랑은 다르다. 너는 나를 살게 하는 유일한 존재이기에, 나의 전존재를 다해서 사랑할 수밖에 없고, 그래서 사랑을 가로막는 대상에 맞서 극렬히 저항하고, 자신과도 싸워야 한다. 그렇게 사랑을 지켜낼 때, 그 사랑이 사회 전체로 커갈 때, 그 사회는 사랑이 충만한 곳으로 변할 것이다. 하여 시인 또한 고독을 자처하며

'그 사람들' 가운데 오직 한 사람만을 기다리려고 하는지도 모른다. 이런 태도는 '근대 · 남성 · 중심/전통 · 여성 · 주변'으로 구분하여 분리를 통해 주변적인 것을 지배하려는 남성적 가치관에 대항하는 (현대)시의 여성적 기질과도 통한다. 그렇다고 그의 시 전체가 여성성만을 드러낸다는 뜻은 아니다.「바라건대는 우리에게 우리의 보습 댈 땅이 있었더면」등의 시에서는 일제의 강압 통치에 맞서려는 강인한 남성적 의지를 보여주기도 한다. 그러나 이런 시편은 많지 않다.

앞뒤 한길 포플러 잎들이 안다./ 마음속에 마음의 비가 오는 줄을,/ 갓난이야 갓놈아 나 바라보라/ 아직도 한길 위에 인기척 있나,/ 무엇 이고 어머니 오시나 보다.

「마음의 눈물」에서

이 시에는 가난하고 비참한 삶의 슬픔과 설움이 눈물로 번져 있다. 모든 것을 빼앗긴 황폐한 삶 속에서 시인은 자신의 마음에서 눈물이 난다고 고백한다. 그런데 그 눈물의 의미는 그 혼자만의 눈물이 아니다. 시인은 앞뒤 한길 포플러 잎들이 그 눈물의 의미를 알고 있다고 말하고 있다. 포플러 잎들은 단일한 하나를 강조하는 남성성과 다른, 여성성과 관련된다. 나뭇가지에서 싹튼 '잎들'이 훗날 떨어져 거름이 되고, 거름이 됨으로써 다른 무엇으로 다시 태어나듯이, 그 과정에서 자신과 다른 타자와 융화(소통)할 수 있듯이, 포플러 잎들은 그런 기질을 품은 존재이자, 시인의 마음을 담은 객관적 상관물로서, 한길 위에 무엇을 이고 오시는 어머니, 그리고 조선의 고달픈 걸음에 따뜻한 눈물을 전달하고 있는지도 모른다. 그 눈물이 곧 사랑이고, 시인을 지탱해준 힘이리라.

3. 소월 시의 눈물은 전통 서정을 환기하며 흐르지만, 결코 한스러웠던 옛날로 복귀하지는 않는다. 식민지 시대, 타자로서의 운명을 아프게 받아들인 소월은 눈물의 길을 통해 자신을 포함한 모든 타자들의 소멸(이별)의 운명을 넘어서고자 했다. 지금 이 시점에서 우리가 그의 시를 다시 읽어야 할 이유도 여기에 있다. 시인의 경험은 개인을 넘어 '우리'가 겪은 고통이었고, 지금-여기의 우리가 해결해야 할 아픔이다. 20년대에 불어온 근대의 바람은 100여 년 세월을 통과하며 삶의 지형을 완전히 바꾸어놓은 듯 보이지만, 크게 달라진 것은 없다. 있다면, 나와 너를 나누는 뚜렷한 분리의식과 우리를 식민화하려는 자본의 힘에 눌려 눈물조차 흘리지 못하는 것이다. 새삼 이 지점에서 슬퍼도 눈물난다고 말못하는 오늘의 현실을 떠나간 소월은 무어라 이야기할까. 가슴이 먹먹해진다. (문학평론가. 시인)

시인의 자료

『진달래꽃』 초판본

1925년간행된
김소월의 첫 시집

「진달래꽃」을 소개한
잡지광고

북한에서 출간된 김소월 시선집

1925년 초판본『진달래꽃』. 한국 현대문학작품 경매사상 최고가인
1억 3500만 원에 팔린 김소월이 생전에 펴낸 유일한 시집.

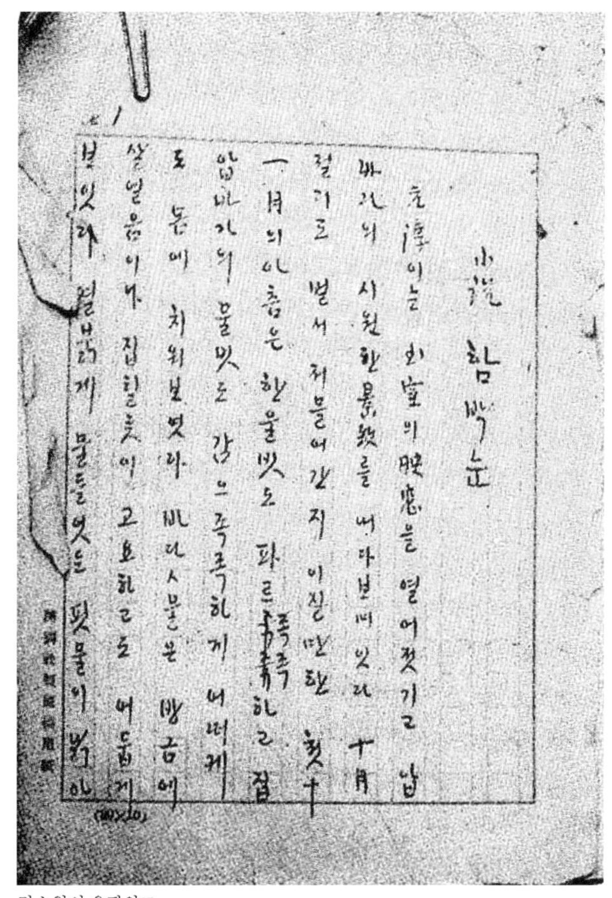
小說 함박눈

김소월의 육필원고

김소월 시인 연보

1902년 9월 7일 평북 구성군 서산면 왕인동 외가에서 출생 .父 김성도와 母 장경숙사이의 장남으로, 본명은 정식廷湜이고 아명은 갓놈, 본관은 공주公州이며, 대지주였던 조부인 김상주가 광산업을 경영했기에 집안의 형편은 좋았다. 조부는 유교 사상에 철저했지만 근대 문물에 대해서도 열린 생각을 지녔다.

1904년(2세) 부친이 처가에 가던 중 정주와 곽산 사이의 철도를 부설하던 일본인들에게 폭행당하는 사건으로 소월의 부친은 평생 정신이상 증세로 불구의 삶을 살았다.

1905년(3세) 삼촌과 결혼하여 한 집에 살게 된 숙모 계희영으로부터 고대소설 및 전설, 민담을 즐겨 들었으며, 자신이 들은 이야기들을 구술할 정도로 기억력이 남달랐다.

1907년~15년(5세~13세) 조부가 독서당獨書堂을 개설하고 훈장을 초빙하여 한문공부를 시켰다. 공씨 김씨 문중에서 세운 남산소학교에 입학. 머리가 총명하여 신동이라 불렸다. 이승훈, 김시참 선생의 강연을 듣고 민족의식에 눈떴다. 서춘徐椿 선생의 지도로 문학수업을 받았으며 글쓰기에 능숙했다. 부친의 정신병이 악화되어 집안 분위기가 어두웠다. 동네에 퍼진 장질부사로 4개월간 앓고 휴학했다.남산 소학교를 졸업(8회)하고 3년간 고향에 머물렀다 .이해 4월에 오산학교 중학부에 입학한 것으로 기록된 경우도 있지만 분명치 않다.

1916년(14세) 할아버지의 지시로 구성군 평지동의 남양南陽 홍洪씨 명희의 딸 단실丹實과 결혼. (연보에 따라서는 1917년 결혼으로 기록됨).이후 소월은 학교에서 같이 수업을 받던 오순이라는 여성과 교제를 하게된다. 하지만 소월은 이미 결혼한 상태였고, 오순이 19세에 시집을 가면서 둘의 인연은 끊어졌다.오순은 의처증이 심했던 남편의 학대를 견디지 못하고 22세의 나이에 요절하고 말았다. 이를 본 소월은 이루지 못한 사랑에 좌절하며 스승인 김억 선생에게서 배운 작법으로 많은 시를 남겼다. 그의 대표작 중 하나인 「초혼」은 오순의 장례식 후에 쓰였다고 한다.

1917년(15세) 4월 고향 가까이 오산학교 중학부에 입학. 남강 이승훈이 설립한 오산학교 교장은 조만식趙晩植이었다. 그 영향으로 민족의식을 키웠다. 스승 안서를 만나 본격적인 문학수업을 받고 시작詩作을 시작하였다. 소월의 초기시 중 상당수는 오산학교 시절에 창작되었다 한다. 민족의식이 투철한 오산학교에서 교육받았던 소월은 3.1 운동이 일어나자, 이에 적극 참여한 여파로

폐교되어 학업을 중단, 졸업예정자로 수료장만 받았다고 함.

1920년(18세) 안서의 지도로 창작에 매진하고 『창조』 2호에 「낭인의 봄」 등을 발표하여 문단에 데뷔.4월에 배재고등보통학교 5학년에 편입. 우등생으로 1년간 다니고 졸업후. 일본 동경상대 진학을 위해 도일했지만. 관동대지진으로 인해 일시 귀국, 학업을 중단함. 점점 기울던 집안의 마지막 희망으로 힘든 유학길이었으나 일구지 못한 아쉬움과 자책감으로 소월에게 평생 한이 되었다. 귀국 후 소월은 경성에서 구직을 못한 채 낙향하였다. 4개월간 서울에 머물 때 안서, 나도향과 교류하며 문단 활동을 하였다.

1924년(22세) 스승 김억의 도움으로 소월의 유일한 시집인 『진달래꽃』을 출간할 수 있었다. 안서가 주선한 동아일보 지국개설을 약속받고 귀향해서 조부의 광산일을 도우며 보냈다. 낙향한 뒤 소월은 영변 여행 중 채란이를 만나 「팔베개 노래」의 소재를 얻었다. 김동인, 김찬영, 임장화 등과 함께 『영대靈臺』 동인이 됨. 처가인 구성군 서산면 평지동으로 이사하고, 장남 준호俊鎬 출생.

1925년(23세) 12월에 시집 『진달래꽃』(賈文社)을 간행하고, 시론 「시혼詩魂」을 『개벽』 5호에 발표.동아일보 지국을 열고 신문배포, 수금, 경영 모두를 홀로 도맡아 했음에도, 신문사는 대중의 무관심과 일제의 방해로 문을 닫았다. 신문사가 문을 닫은 후 소월은 극도의 빈곤에 시달리며 술에 의지했다. 차남 은호殷鎬 출생.

1927년(25세) 나도향의 요절로 충격을 받고 자살 충동을 느낌. 고리대금업에 손을 대었지만 잇따른 사업 실패로 낙담, 술과 함께 지새곤 했다 함. 시작詩作에서 거의 손을 뗌.

1932년(30세) 3남 정호正鎬 출생. 독립운동가 배찬경의 망명자금을 대고 일경의 감시를 받았다. 만주행을 꿈꿨으나 실패했다고 전해진다.

1934년(32세) 고향 곽산에 가서 성묘함. 12월 24일 아침 8시경 싸늘한 시체로 발견됨.아편을 먹고 자살했다는 말도 전해지지만, 죽은 이틀 뒤 생가를 직접 찾은《조선일보》기자는 소월이 뇌일혈로 사망했다고 부음기사를 썼다(1934년 12월 27일자). 월남한 유일한 친자 정호에 의하면 묘지는 구성군 서산면 평지동 터진고개에 안장. 후에 서산면 왕릉산으로 이장되었다 한다.

*1977년 발견된 그의 미발표 창작노트에는 가장으로서의 삶. 일제 치하의 현실에 대한 비판. 집과 돈 등 고민이 컸다 한다.결국 1934년 12월 24일, 크리스마스 이브에 뇌일혈(오늘날 뇌졸중)로 사망한다. 유서나 유언 한 마디 없는 참담한 죽음이었다. 북한의 작가동맹

기관지에 실린 글은 “소월이 일제의 탄압에 울분이 치밀어 자살했다”거나 “소월의 시 「초혼」은 한낱 연정시가 아니라 조국을 목타게 부른 애국시”라는 주장도 나온다. 또한 “다량의 아편을 먹고 자살했다”는 우리 학계의 의견은 소월이 생전 심한 관절염으로 통증을 잊고자 아편을 복용했다는 증손녀 김상은씨의 증언을 참고할 수 있겠다. 그의 사후에도 집안의 비극은 멈추지 않았다. 맏딸 김구생 씨는 6.25 전쟁 도중 사망하였다. 3남 김정호 씨는 인민군으로 남한에 왔다가 국군에 재입대 후 남한에서 살았다. 하지만 이에 대한 보상도 없었고, 부친의 시에 대한 저작권조차 없이 가난한 삶을 살았다. 아버지 김소월 문학관 건립 소원도 못이루고 2006년 타계했다. 현재 시인의 후손은 손녀 김은숙 씨와 손자 김영돈 씨, 증손자 3명 총 5명이 남한에 산다. 모두 어려운 살림으로 김소월 문학관 건립 추진의 꿈은 여전히 못이루고 있다. 현재까지 할아버지의 시로 인한 대우는 모 피자 광고에 「진달래꽃」의 문구를 패러디한 적은 경비가 전부였다고 한다.

엮은이 사과꽃 편집부
초판본을 바탕으로 여러 판본을 참고하여,
김소월의 대표작을 실었습니다.

한국 대표시 다시 찾기 101

첫 치마

김소월

1판 1쇄 인쇄 2017년 12월 13일
1판 1쇄 발행 2017년 12월 19일
지은이 김소월
펴낸이 신현림
펴낸곳 도서출판 사과꽃
서울 종로구 옥인길74 (3-31)
이메일 abrosa@hanmail.net
전화 010-9900-4359
등록번호 101-91-32569
등록일 2012년 8월 27일
편집진행 사과꽃
표지 디자인 정재완
내지 디자인 강지우
인쇄 신도인쇄사

ISBN 979-11-962533-1-8(04810)
979-11-962533-0-1

값 7,700원